I0548585

ALFRED AMAS.

# LES

# DÉMOLISSEURS

## DE

# LA RUE NOAILLES

### A-PROPOS EN UN ACTE.

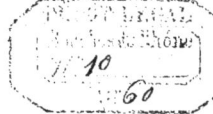

PRIX : 75 CENTIMES.

MARSEILLE.

IMPRIMERIE CIVILE ET MILITAIRE DE JOSEPH CLAPPIER,

Rue Saint-Ferréol, 27.

—

1860

ALFRED AMAS.

# LES

# DÉMOLISSEURS

## DE

# LA RUE NOAILLES

### A-PROPOS EN UN ACTE.

MARSEILLE

IMPRIMERIE CIVILE ET MILITAIRE DE JOSEPH CLAPPIER,

Rue Saint-Ferréol, 27.

—

1860

Tout le monde s'occupe en ce moment, à Marseille, de la rue Noailles : les uns pour tout de bon, les autres pour rire. — Je suis au nombre de ces derniers.

On pourrait composer, pour peu qu'on eût de goût pour l'alexandrin, une tragédie en cinq actes dont le dénouement serait la mort du Conseil Municipal; mais j'ai préféré essayer d'un vaudeville que je destine spécialement aux théâtres d'amateurs qui jouent des pièces plus ou moins morales avec suppression de rôles de femmes.

C'est le seul but que je me suis proposé. Voyons ce qu'on en dira.

ALFRED AMAS.

# LES DÉMOLISSEURS
# DE LA RUE NOAILLES
## A-PROPOS EN UN ACTE.

### PERSONNAGES

TATILLON, savant (55 ans).
CORNUDET, entrepreneur de travaux publics (50 ans).
OSCAR, son fils, ingénieur civil (25 ans).
ALEXANDRE, neveu de Tatillon, lycéen (16 ans).
CLAUDE, domestique de Tatillon (40 ans).
OUVRIERS, en costume de travail.

La scène se passe à **Marseille** en 1859, dans la rue **Longue des Capucins**,
à quelques pas de la rue **Noailles**.

Le théâtre représente un cabinet de travail fort en désordre ; une table et quelques chaises encombrées de liasses de papiers et de vieux livres. Porte au fond donnant sur l'escalier ; à droite, porte de chambre ; à gauche, fenêtre ouvrant sur une cour.

### Scène Première.

—

*(Personne en scène. On entend un bruit de tambour de foire, puis une voix criant : )*
— Monsieur Claude !.... Monsieur Claude !..
CLAUDE *(au dehors)*. — Qu'est-ce que c'est ?
LA MÊME VOIX. — On apporte les lettres pour Monsieur Tatillon.
CLAUDE *(au dehors)*. — Je descends.
*(Le bruit du petit tambour recommence, puis on entend la même voix d'enfant.)*
LA VOIX. — Laissez-moi donc, Monsieur Claude... Voulez-vous bien laisser mon tambour... *(Pleurant)*. Hi !.. hi... maman, fait finir Monsieur Claude... il veut m'enlever mon tambour.
CLAUDE *(d'en bas)*. — Veux-tu bien te taire, polisson, ou je te le casse.
LA VOIX *(s'éloignant peu à peu)*. — Hi !.. hi... maman, mon tambour... hi... hi... mon tambour...
CLAUDE *(toujours au dehors mais s'approchant)*. — Recommence, gredin et je recommencerai aussi, moi... Polisson d'enfant, va... *(Entrant)*. Je t'en donnerai des tambours pour rompre la tête à tout le quartier et à Monsieur surtout.
LA VOIX *(faiblement)*. — C'est lui, hi... hi... c'est lui qui... hi...
CLAUDE *(se mettant à la fenêtre de la cour)*. — Oui, c'est moi, madame Cambus, que je lui ai dit que s'il battait encore du tambour, moi je battrais de la caisse sur lui... en quelque part, et cætera, voilà... *(Se mettant en scène)*. Après ça, ce n'est pas tout-à-fait de sa faute ; on lui donne un tambour, il s'en sert, voilà. *(Tirant de sa poche une grosse liasse de lettres et de journaux)*. Pour moi, ça m'est bien égal ; mais Monsieur, lui, c'est autre chose ; il se plaint toujours du bruit ; il prétend que ça l'empêche de travailler et cætera. — Après ça, il n'a peut-être pas tout-à-fait tort. *(On entend un cornet à pistons qui joue péniblement un air connu)*. A l'autre maintenant... Depuis huit jours, je ne sais qui loge dans la maison, mais il n'y a plus moyen d'y tenir. *(Le cornet joue de mal en pis)*. Va donc toujours, massacre, aïe... aïe... quel canard !.. Je ne puis comprendre quelle diable d'idée a eue notre propriétaire, M. Cornudet, de se raviser et de nous mettre un nouveau locataire au second, lui qui avait donné

congé à tout le monde, sans doute pour faire plaisir à Monsieur, qui est un bon payeur ; à preuve qu'il a un bail de neuf ans qui va jusqu'en 1865. Aussi Monsieur ne veut pas bouger ; il prétend que la la maison est paisible *(Nouveau bruit de tambour et de cornet)*, et qu'il lui faut beaucoup de tranquillité pour travailler à ses livres. *(Le bruit cesse)*. Car il est bon que vous sachiez que mon maitre fait des livres... qu'il se fait imprimer... qu'il est auteur. Je me suis laissé dire par la portière de Madame Blavin, la mère de M. Alexandre qui est le neveu de Monsieur, qu'il est membre de trente-deux sociétés au moins et de trois académies.— Moi, en fait d'académies je ne connais que celle de billard. *(On commence à entendre des coups de marteaux sourds, qui vont toujours en augmentant)*. Allons, bon, voilà les maçons... ar ce sont des maçons qui travaillent par là ; c'est encore à M. Cornudet, votre propriétaire, qu'appartient la maison d'à côté et il s'amuse à la faire rebâtir. Cependant elle n'est pas vieille, à ce que dit Monsieur. Elle a été construite en... 1538, l'année d'après que Charles-Quint ou Charlemagne, je ne sais plus lequel, est venu du côté du Lazaret, aux environs de la Joliette, avec une armée de Dames, toujours à ce que dit Monsieur, dans un livre qu'il va faire imprimer un de ces jours. Voilà pourquoi on appelle le quartier où Charlemagne se logea, Boulevard des Dames. On dit que dans ce temps-là les dames, les plus belles dames, les duchesses, les marquises, les baronnes, les comtesses, etc., etc., se battaient pendant que les hommes faisaient la cuisine, toujours à ce que prétend Monsieur et puis qu'entr'autres curiosités il y avait une tour, une grosse tour où ces dames en ont joué un fameux de tour... de force.

AIR : *Oui ou non.*

Il paraît que dans ce temps-là
Les femmes aimaient fort la guerre ;
Lances, glaives en fer, voilà
Quels étaient leurs moyens pour plaire.
Mais aujourd'hui ce n'est pas ça ;
Et les maris... ça les chagrine...
Elles aiment toujours le fer... oui dà !..
Mais c'est pour fair'... d'la crinoline.

TATILLON *(appelant de sa chambre)*. — Claude !

CLAUDE *(à part)*. — Tiens, voilà Monsieur qui m'appelle. *(Haut)*. J'y vas. *(Tirant sa montre)* Quatre heu-

res ! alors, c'est son habit qu'il demande. *(Haut)*. J'y vas *(Il va pour sortir)*.

## Scène II.
—

CLAUDE, ALEXANDRE *(en costume de Lycéen)*, puis TATILLON.

ALEXANDRE *(entr'ouvrant la porte du fond avec précaution et voyant Claude tout seul ; à demi-voix)*. — Claude !

CLAUDE. — Tiens, c'est vous, Monsieur Alexandre.

ALEXANDRE *(même position, même jeu)*. — Parle plus bas, Claude ; dis-moi : mon oncle est-il sorti ?

CLAUDE *(bas)*. — Pas encore, Monsieur Alexandre ; il est 4 heures ; il vient de m'appeler, mais il sortira bientôt.

ALEXANDRE *(de même)*. — C'est bien, j'ai à te parler ; je reviendrai plus tard. *(Il disparaît)*.

TATILLON *(appelant)*. — Claude ! mon habit.

CLAUDE. — J'y vas, Monsieur, j'y vas. *(Tatillon ouvre la porte de droite et entre, enveloppé de sa robe de chambre ; il est excessivement préoccupé et parle tout seul)*.

CLAUDE *(à part)*. — Bon, le voilà, il ne me dit rien ; laissons le... je vais chercher son habit *et cœtera.*

## Scène III.
—

TATILLON *(seul)*.

Plutarque, dans sa vie de Marius, dit clairement ceci : « Mais comme plu» sieurs témoignaient leur mécontente» ment de ce qu'on avait choisi un lieu » si incommode où ils mouraient tous » de soif, Marius leur montrant de la » main une *grosse rivière* qui coulait le » long du camp des Barbares, leur dit » qu'ils devaient acheter leur boisson » au prix de leur sang. » — Voilà ce que dit le véridique Plutarque, en parlant des Teutons et des Ambrons, lorsque ces Barbares vinrent offrir la bataille à l'illustre Consul, au célèbre général romain. *(S'asseyant et consultant un livre)*. Or, voici maintenant ce que dit Rollin, le père de l'histoire en France. *(Lisant)*. « Les Barbares établi» rent leur camp près d'une *petite ri» vière.* C'est apparemment la rivière

» de l'Arc qui passe à un quart de heue » d'Aix. » (*Fermant son livre*). Comment arranger ces deux versions? Est-ce, comme le dit Plutarque, une grosse rivière? Est-ce, comme le prétend Rollin, comme l'assurent tous les savants, tous les archéologues qui ont écrit après lui, une petite rivière, la rivière de l'Arc?.. — Question intéressante, excessivement curieuse à étudier, importante plus qu'on ne croit et qui doit jeter sur tous les faits relatifs à cette belle campagne de Marius une lumière éclatante. (*Il se dresse*). J'étudierai cette question et j'écrirai un mémoire que je lirai ensuite à l'Académie des Sciences et Belles-lettres de Marseille dont je suis membre titulaire et actif... Je dirai...

## Scène IV.

—

TATILLON, CLAUDE.

CLAUDE (*arrivant avec un habit sous le bras*). — Monsieur !...

TATILLON (*qui n'entend pas*). — Je dirais que Caïus Marius, consul pour la quatrième fois...

CLAUDE (*plus fort*). — Monsieur, votre habit.

TATILLON. — Ah! c'est toi; tu veux que je mette mon habit? je le mettrai.

CLAUDE (*lui enlevant sa robe de chambre et lui passant son habit*). — Le facteur vient d'apporter vos lettres et vos journaux.

TATILLON. — Qu'attends-tu pour les donner ?.. Dis moi, que penses-tu de Marius et de la rivière qu'il a traversée?

CLAUDE. — De Marius, votre boulanger?

TATILLON. — De Caïus Marius, le célèbre général ?

CLAUDE. — Connais pas, Monsieur. En fait de général, je n'ai connu que le général Cavaignac, quand il était lieutenant... j'étais son brosseur.

TATILLON (*avec colère*). — Butor, va ! Aussi que diable vais-je lui demander ? Donne vite mes lettres et mes journaux.

CLAUDE (*les prenant sur la table*). — Les voilà, Monsieur.

TATILLON (*les recevant*). — C'est bien ; laisse-moi. Non, reste, je vais sortir. (*Il parcourt les papiers et lit les titres au fur et à mesure qu'ils passent sous ses yeux*).

CLAUDE (*à part*). — En fait-il une revue... de revues! (*Le bruit du tambour se fait entendre*). Bon ! voilà la musique qui recommence.

TATILLON (*s'arrêtant*). — Je parcourrai tous ces journaux à mon aise. Pauvres journaux.. ils ne sont pas forts. Si j'étais leur collaborateur... ce serait différent. (*Le bruit du tambour devient plus fort*).

TATILLON. — Encore ce bruit, Claude ! tu ne le feras donc pas finir ?

CLAUDE. — Ah ben oui, monsieur... faites donc finir des *nervi* comme ça... Tout-à-l'heure j'ai manqué lui *démancher* un bras.

TATILLON (*furieux*). — Mais c'est insupportable ! C'est à ne plus tenir dans cette maison... Depuis un mois c'est un vacarme continuel. D'abord, les déménagements de tous les locataires de la maison. On dirait qu'ils se sont donnés le mot avec ceux de la rue Noailles; plus tard, démolition du numéro 35 à côté; une poussière, un bruit surtout, un bruit !... (*Le tambour cesse, le cornet à piston se met à jouer*). Ah ! voilà aussi cet horrible instrument, ce hideux clairon perfectionné... Vraiment, il faut toute la patience dont je suis doué pour supporter comme je fais cet état de choses. (*Les coups de marteau sourds, se font entendre*). Ah ! la musique est complète. (*Se bouchant les oreilles et parcourant la chambre à grands pas*). Quand cela finira-t-il, bon Dieu! quand cela finira-t-il ?

CLAUDE (*imitant ses mouvements*). — Monsieur, monsieur !..,

TATILLON. — Eh bien !

CLAUDE. — Voulez-vous que je vous donne un conseil ?

TATILLON. — Parle.

CLAUDE. — Savez-vous ce que je ferais à votre place? Je donnerais congé immédiatement à votre Cornudet.

TATILLON (*s'arrêtant net*). — Claude, tu me fais pitié. (*Il recommence*).

CLAUDE. — Pitié ou pas pitié, je dirais ça.

TATILLON. — Tu ne sais donc pas ce qui se passe?

CLAUDE. — Sans doute, je le sais. Le tambour bat, le cornet sonne, les maçons tapent.. oui, et c'est pour ça que je dirais au bourgeois: votre maison est inhabitable; c'est un vrai bachanal, je vous la plante là.

TATILLON. — Tu ne sais donc pas que c'est justement ce qu'il voudrait? (*Tout bruit cesse*).

CLAUDE. — Pas possible !

TATILLON. — Il voudrait me donner congé, s'il le pouvait...

CLAUDE. — Pas possible !

TATILLON. — M'obliger à résilier mon bail...

CLAUDE. — Que dites-vous là?

TATILLON. — Et tu ne sais pas pourquoi ?

CLAUDE. — Quelle bêtise ! pour louer à d'autres ?

TATILLON (criant). — Pour démolir sa maison.

CLAUDE. — Pour la démolir ! mais il a la rage des démolitions cet homme là. Le numéro 29 lui appartient... démoli ? le numéro 31 démoli, le numéro 35 démoli.

TATILLON. — Et sais-tu encore pourquoi ?

CLAUDE. — Pourquoi ?

TATILLON. — Oui.

CLAUDE. — Pourquoi il démolit ses maisons ?

TATILLON. — Oui.

CLAUDE. — Sans doute pour les rebâtir.

TATILLON. — Imbécile! Il les démolit parce que, dit-il, elles sont vieilles... elles sont vieilles!...

CLAUDE. — Au fait, si elles sont vieilles.

TATILLON. — Arrête, malheureux, ne blasphème pas. Elles sont vieilles!... mais tu ne sais pas que c'est le mot de ralliement des modernes Vandales. Il est vieux, elle est vieille!... cela leur suffit. (Avec emphase). Cette antique et belle Phocée, cette vénérable matrone des cités que baigne la Méditerranée va disparaître sous le marteau... Ces horribles démolisseurs qui ont lentement, petit à petit, rogné tout ce qu'ils ont pu gratter d'antique de nos murs se donnent à présent la main... ils resserrent le cercle de fer autour de ces vénérables lézardes et nous menacent de jeter dans la mer la ville toute entière d'un gigantesque coup de pioche ! !...

CLAUDE (d'un ton dégagé). Le grand mal quand ils auront fini par élargir la rue d'Aix et la rue Noailles ! Car enfin avec leurs lignes droites, courbes, brisées, le diable m'emporte ! si on peut y comprendre quelque chose...

TATILLON (allant à lui les poings fermés). — Et les caves de St-Sauveur ! que sont-elles devenues ?...

CLAUDE (d'un ton insouciant). — Peuh! des caves borgnes où l'on n'y voyait pas clair.

TATILLON. — C'était un ouvrage des Romains.... c'étaient des souterrains magnifiques !

CLAUDE. — Oh ! des souterrains... on va vous en faire des souterrains et de fameux encore sous la rue d'Aix.. (Tatillon s'assied le front dans les mains). Je crois qu'ils appelleront ça des te... des tu... des tonnelles... Oh ! bien, moi, Monsieur, je suis de Marseille, c'est-à-dire de St-Barnabé... de Marseille enfin et ça me fait crânement de plaisir de voir un peu quelques jolies choses. Le château d'eau de Longchamp, St-Michel, les Réformés, la Cathédrale, le Palais Impérial, le Palais de Justice... tout ça ne sera pas laid, je pense. Et cette rue Noailles, cette belle rue qui sera la plus large de la ville.. quoique les mauvaises langues disent qu'elle ira tout de travers... et que quelques autres prétendent qu'elle n'ira pas du tout... Bien vrai, Monsieur ; j'ai beaucoup voyagé quand j'étais soldat... j'ai vu beaucoup de choses, mais tout ça, voyez-vous, tout ça ne vaut pas Marseille.

AIR : De la Colonne.

J'ai vu Paris, j'ai vu Lyon, Versailles,
J'ai vu le nord d'un bout à l'autre bout;
Simple troupier, ennemi des batailles,
Le sac au dos j'ai vu-z-un peu de tout
Sans pour le nord perdre de mon dégoût.
Mais à Marseille, oh ! ma joie est entière!...
C'est mon pays, c'est là que je me plais...
Et je sens que j'suis Marseillais
Lorsque je vois la Cannebière.

CLAUDE (regardant Tatillon, à part). — Bon, le voilà ... comme il m'écoute... ces savants sont tous les mêmes (Haut) Monsieur !

TATILLON (se levant). — Je sors , je vais chez mon libraire. (Claude lui présente son chapeau). Tu sais mes recommandations: Que personne n'entre dans ce cabinet; que personne surtout ne touche à la moindre de mes affaires... Si mes confrères savaient toutes les richesses que renferment ces liasses de vénérables papiers !... L'Histoire du Boulevard des Dames et la notice sur la Tour Sainte Paule. (Mettant son chapeau. Chers enfants nés ou à naître, à bientôt... je vous quitte à regret , mais ne craignez rien... je vous laisse un gardien sûr et je reviens dans quelques minutes. (Il contemple ses papiers encore quelques instants).

## Scène V.

—

Les Mêmes, CORNUDET, OSCAR.

CORNUDET (*dans la cantonnade*). — Il finira bien par entendre raison...

OSCAR (*de même*). — Oui, mais ce ne sera pas par les voies rigoureuses...

CLAUDE (*à part*). — Tiens! on dirait la voix de M. Cornudet.

CORNUDET (*toujours au dehors*). — Au surplus, nous allons voir. (*On frappe*).

TATILLON (*qui n'a rien entendu*). — Adieu, mes chers trésors... je vais bouquiner sur le port et je reviens vous trouver.

CLAUDE. — Monsieur, on a frappé... Y êtes-vous?

TATILLON. — Non, puisque je sors.

CORNUDET (*toujours au dehors*). — Je te dis qu'il y est.

TATILLON — Claude, je crois connaître cette voix.

CLAUDE. — Moi, Monsieur, je ne crois pas, je suis sûr que c'est M. Cornudet. (*Cornudet et Oscar entrent*). A preuve que le voilà...

TATILLON (*à part*). — Encore lui! C'est trop fort, tant pis pour la politesse, mais je sors.

CORNUDET (*saluant*). — Monsieur Tatillon, j'ai bien l'honneur de vous saluer.

OSCAR (*saluant*). — Monsieur...

TATILLON (*saluant de mauvaise grâce*). — Votre serviteur, Messieurs... votre serviteur

CORNUDET. — Monsieur Tatillon, je venais, au risque d'être importun, vous parler de notre affaire.

CLAUDE (*bas à Tatillon*). — Monsieur, faut-il que je sorte?

TATILLON (*bas*). — Non, reste. Tu les éconduiras poliment (*A Cornudet, haut*). Quelle affaire, Monsieur?

CORNUDET (*s'impatientant*). — Eh parbleu! la résiliation de votre bail.

TATILLON (*avec calme*). — Mon bail? mais je croyais, Monsieur, que tout était dit. Je suis votre locataire pour six ans encore; la maison me convient et j'y reste.

CORNUDET. (*bas à Oscar*). — Il n'en démordra pas (*Haut à Tatillon*). Cependant, Monsieur, j'espérais que vous accepteriez l'indemnité que je vous proposais et que vous videriez les lieux...

OSCAR (*vivement*). — Que vous seriez assez bon pour consentir aux arrangements que mon père a eu l'honneur de vous offrir...

TATILLON. — Vous êtes fort aimable, Monsieur, mais je n'entends rien à toutes ces affaires. Je ne suis ni marchand, ni courtier, ni même conseiller municipal... vous comprendrez dès lors que je ne veux nullement entrer dans tous ces calculs. A l'expiration de mon bail, dans six ans, s'il ne vous convient pas de le renouveler, je quitterai la maison...

CORNUDET (*en colère*). — Sacrebleu! je saurai bien....

OSCAR (*bas*). — Doucement, mon père. (*Haut*) Pourtant, Monsieur Tatillon, s'il s'agissait d'intérêts importants en jeu...

TATILLON. — Inutile, Monsieur...

OSCAR. — Si des engagements sérieux...

TATILLON. — A mon grand regret...

OSCAR. — Si une obstination, peut-être juste mais exagérée, exposait un honorable père de famille à perdre toute sa fortune...

TATILLON. — J'en serais désolé, mais...

CORNUDET (*en colère*). Eh! bien, puisqu'il en est ainsi, nous verrons...

TATILLON (*avec dignité*). — Monsieur Cornudet, libre à vous de vous repentir de m'avoir loué cette maison; mais quand vous êtes dans cet appartement, tout propriétaire que vous en soyez... vous êtes chez-moi...

CORNUDET. — Chez moi, chez vous, peu m'importe, je trouverai le moyen de vous flanquer à la porte.

OSCAR (*bas*). — Calmez-vous donc, mon père.

TATILLON (*saluant*). — M. Cornudet, je ne connais qu'un moyen d'être, comme vous le dites si bien, flanqué à la porte.... des raisons d'utilité publique. L'état et la ville étant seuls en droit d'exproprier et d'expulser bon gré, malgré, quand j'aurai reçu par ministère d'huissier les injonctions voulues par la loi.... j'obéirai. Quand à vous, Monsieur Cornudet, vous avez comme moi copie de notre bail; aucune clause ne vous réserve le droit de me.... flanquer à la porte et votre maison me convenant parfaitement.. (*Grand salut*), j'y reste.

OSCAR. — Vous avez mille fois raison, cependant...

TATILLON (*regardant l'heure à sa montre*). — Mille pardons, Monsieur; mais je suis appelé au dehors pour des affaires urgentes.... vous voudrez bien me permettre de sortir. Claude!...

CLAUDE. — Monsieur?

TATILLON. — Fais les honneurs de chez moi à ces messieurs. *(Il salue et sort).*

## Scène VI.

—

CORNUDET, OSCAR, CLAUDE.

OSCAR. — Eh bien, mon père?

CLAUDE *(avec emphase).* — Messieurs, donnez-vous donc la peine de vous asseoir.

CORNUDET. — Animal, triple butor! têtu comme trente six mules !

CLAUDE *(à part).* — Est-ce de mon maître qu'il veut parler ?

OSCAR. — Ma foi, mon père, je partage votre ennui, mais que faire? Vous voyez maintenant qu'avant de vous engager à démolir des quartiers tout entiers sous prétexte qu'ils avoisinent la rue Noailles, il eut été prudent de s'assurer de la bonne volonté de tous vos locataires.

CORNUDET. — Mais qui allait penser que ce vieux chercheur de bouquins, irait seul, tout seul, m'empêcher d'abattre ma maison pour la reconstruire à neuf? Vieille perruque de savant !...

CLAUDE *(à part).* — Monsieur une perruque !... Oh... oh...

CORNUDET. — Écrivassier de malheur!

OSCAR. — Taisez-vous donc, mon père.

CLAUDE *(se donnant du courage).* — Ah ça, dites donc, monsieur Cornudet, si c'est de mon maître que vous parlez... rappelez-vous... ce qu'a dit monsieur...

CORNUDET *(donnant un violent coup de poing sur la table).* — Si je m'écoutais...

CLAUDE. — Monsieur quand vous êtes dans cet appartement...

OSCAR. — Mon père, il vaut mieux sortir...

CORNUDET. — Oh! le têtu... le têtu...

AIR: *Ces postillons.*

Il est parfois des gens que rien n'étonne,
Des gens plus dur cent fois que le rocher,
Auprès de qui les blocs de la Couronne,
Sont des joujoux qu'il suffit de toucher
Pour qu'on les voie à l'instant s'arracher.
On a raison toujours de la matière.
Mais ce savant, ma foi, dans ce cas-ci,
Est plus têtu, plus dur qu'un bloc de pierre
De pierre de Cassis.

Ah ! il ne veut entendre ni prières, ni menaces; ils refuse les indemnités... ça m'est égal ; coûte que coûte, j'en viendrai à bout.

OSCAR. — Mais vous n'y pensez pas, mon père. *(Bas).* Le domestique de M. Tatillon vous entend...

CORNUDET. — Son domestique. *(Se frappant le front).* Oh! quelle idée... *(Réfléchissant).* Oui, c'est cela, il peut m'être d'une grande utilité ; je vais le corrompre... *(A Claude).* Monsieur Claude, écoutez. Vous aimez votre maître, vous pouvez lui être très utile si vous suivez mes conseils...

CLAUDE *(avec emphase).* — Monsieur, vous avez dit de mon maître des choses désagréables... Je refuse de traiter avec vous.

CORNUDET. — Oh! oh !...

OSCAR. — Tel maître, tel valet.

CORNUDET. — Mon ami, vous pensez peut-être qu'il s'agit d'user envers M. Tatillon de procédés fâcheux, de moyens suspects... *(Il prend son porte-monnaie et lui donne une pièce).* Tenez Claude, prenez cela.

CLAUDE *(à part).* — De l'argent?.. Non, c'est de l'or. Que faire ?

CORNUDET *(après avoir fouillé dans son portefeuille).* — Prenez encore ceci.

CLAUDE *(à part).* — Un billet de banque ? *(Faiblement).* Je suis pauvre, Monsieur, mais j'ai de l'honneur... gardez votre argent, Monsieur Cornudet, gardez-le.

CORNUDET. — Je ne reprends jamais ce que j'ai donné... Si vous ne le voulez pas, jetez-le

CLAUDE. — Le jeter? pas si bête... j'aime mieux le garder. *(Il le met dans sa poche).*

CORNUDET *(prenant amicalement Claude par les épaules).* A présent que la paix est faite, Claude, je te propose d'entrer dans notre conspiration?..

CLAUDE. — Une conspiration.

OSCAR. — Rassure-toi, elle n'est pas politique.

CLAUDE. — Je respire !

CORNUDET. — Il s'agit seulement de ton maître.

CLAUDE. — Contre mon maître?.. Jamais, Monsieur, jamais.

CORNUDET. — Ah ça, voyons, Claude, causons un peu. *(Il s'assied; Claude reste debout. Pendant ce temps Oscar examine l'appartement).* Tu aimes ton maître n'est-ce pas ?

CLAUDE. — Je lui suis tout dévoué. *(A part).* Où veut-il en venir ?

CORNUDET.—Tu tiens à garder ta place.

CLAUDE (à part).—Voudrait-il m'offrir d'entrer chez lui... dans ce cas, je vais faire mon prix. (Haut). Sans doute que j'y tiens à ma place. D'abord, j'ai de jolis gages; pas grand'chose à faire... vous concevez... un homme seul qui n'a ni enfants, ni femme, ni chien, ni chat... Un savant qui a toujours le nez fourré dans ses bouquins et qui n'aime rien que ses livres et ses papiers. Ah ! pour ça par exemple, il les adore...ses papiers.

OSCAR (qui examine les paperasses). Il raffole de ses élucubrations... c'est si naturel.

CORNUDET.—Eh ! bien , Claude...

CLAUDE (à part). — Voyons...

CORNUDET (avec importance).—Je tiens essentiellement à ce que tu gardes ta place.

CLAUDE (étonné).—Vraiment ?

CORNUDET. — Oui, je le veux absolument.

OSCAR (lisant des notes qu'il voit sur la table). « Histoire du Boulevard des Dames... »

CLAUDE (Qui l'a entendu, allant à lui). — Monsieur , pour l'amour de Dieu, ne touchez rien là.

OSCAR. — Je regarde seulement.

CLAUDE.—Justement, Monsieur, c'est ce que je ne puis pas me permettre; mon maître tient tant à ses papiers, il en est si jaloux, qu'il me flanquerait pour sûr à la porte s'il savait que je vous les ai seulement laissé regarder.

OSCAR. — Vraiment?

CLAUDE. — Oui, Monsieur , c'est comme ça.

OSCAR. — Cela suffit, mon ami. (A part réfléchissant). Cet amour exagéré m'inspire certaine idée... (Il se promène).

CORNUDET. — Eh bien, que dis-tu de ma proposition ?

CLAUDE. — Quelle proposition ?

CORNUDET. — C'est juste, je ne l'ai pas faite, mais la voici, écoute bien. Il s'agit tout simplement de l'arranger de façon à ce que ton maître trouve son appartement si désagréable qu'avant huit jours il l'ait quitté.

CLAUDE. — Ah !

CORNUDET. — Si dans huit jours il a quitté les lieux (Tirant un billet de banque de son porte-feuille) , ceci est à toi.

CLAUDE (à part). — Encore un billet de banque !

CORNUDET. — Qu'en dis-tu?

CLAUDE (après un moment d'hésita-tion). — Sur l'honneur ? vous n'exigez rien autre chose de moi ?

CORNUDET. — Rien de plus , foi de Cornudet. (Oscar continue à examiner les papiers). Eh bien?

CLAUDE. — Attendez , je réfléchis.

AIR : du Premier prix.

Que me demande-t-on ? un crime,
Un faux , un vol et cœtera ?
Non pas , car on me dit sans frime :
Que Monsieur sorte et l'on paira.
A mon maître je m'intéresse ,
Mais cet argent si bien me sied...
          (D'un air décidé).
Ma foi , je vais lui faire pièce
Puisqu'on me donne ce billet.

(Donnant la main à Cornudet). Soit, marché conclu , ça y est...

CORNUDET. — C'est entendu.

OSCAR (à Claude). Et quel moyen employeras-tu pour arriver à ce résultat ?

CLAUDE (à part). — Au fait, quel moyen employer... quel moyen ?

OSCAR — Eh bien , cherche et si tu n'en trouves pas , moi j'agirai. (En ce moment le cornet à pistons se fait entendre).

CORNUDET (riant). — Entends-tu , Oscar, Alexandre qui s'exerce.

CLAUDE. — Comment!.. ce serait par hasard Monsieur Alexandre, le neveu de Monsieur...

OSCAR. — Sans doute ; il est des nôtres... c'est un moyen de mon invention. (On entend le tambour). Et le tambour qui bat; M. Tatillon ne doit pas être loin.

CLAUDE. — Le tambour aussi ?..

OSCAR. — C'est encore un allié. (Le bruit des marteaux commence).

CORNUDET (se frottant les mains). — Allons , allons , rien ne manque... Je vois que nos hommes gagnent loyalement leur argent.

CLAUDE. — Les maçons aussi ?

OSCAR. — C'est encore une idée que j'ai suggérée à mon père. Un homme d'études doit nécessairement craindre le bruit. M. Tatillon sans doute finira par s'en fatiguer.

CLAUDE. — Ah ! je comprends, je comprends. Et moi qui ai manqué rosser le petit Cambus... Moi qui voulai attendre le locataire d'en haut pour.. (Il fait le geste de donner un coup d poing), et cœtera. Enfin, messieurs, que faut-il que je fasse ?

Oscar. — Rien que ce que mon père t'a dit... le dégoûter de la maison et s'il s'obstine encore... alors les grands moyens... Je parie cent louis qu'il demandera à partir.

Claude *(à part)*. — Ma foi, à ce compte là je gagnerai mes cent francs sans fatigue.

Oscar *(regardant par la fenêtre)*. — Monsieur Tatillon monte... Mon père, vite au second chez Alexandre... il ne faut pas qu'on nous trouve ici.

Air : *C'est à la cour du roi Henri.*

Vite partons et de là-haut
Nous descendrons plus tard, s'il faut.

Ensemble *(après une première reprise de ce qui suit)*.

CLAUDE.

Vite, partez et par là-haut.
Restez tranquilles, il le faut.

OSCAR ET CORNUDET.

Vite, partons et de là-haut
Nous descendrons plus tard, s'il faut *(bis)*.

*(Ils sortent).*

Scène VII.

CLAUDE, TATILLON.

Claude *(à part)*. — Mon maître arrive, prenons un air fâché.

Tatillon *(arrivant lentement avec une douzaine de bouquins sous le bras)*. — On vient de demander à notre académie des sciences le concours de ses membres pour un objet de la plus haute importance... et lui proposer une question ardue...

Claude *(bas, mais pour être entendu)*. — Quelle maison.. br... quelle maison !

Tatillon *(sans entendre)*.—Voici cette question que notre secrétaire perpétuel vient de me donner à étudier...

Claude *(de même)*. — Non, je n'y puis plus rester...

Tatillon *(sans entendre)*. — Quel est le moyen le plus simple, le plus sûr, le plus efficace d'empêcher les dégâts toujours plus considérables qu'occasionnent les rats ?..

Claude *(à part)*. — Que dit-il des rats?

Tatillon *(d'un air réjoui)*. — L'auteur du meilleur mémoire, recevra une médaille d'or et une prime d'encouragement de 500 fr.

Claude *(à part)*. — Pour des rats ! . Il sourit.

Tatillon. — Voilà une médaille de plus à gagner, je la gagnerai. *(Déposant ses livres et apercevant Claude)*. — Ah ! te voilà, Claude.

Claude *(recommençant son jeu)*. — Quelle maison, bon Dieu, quelle maison !

Tatillon *(à part)*. — Que dit-il?

Claude *(même jeu)*. — Non, c'est impossible ! on n'y peut plus tenir... Quelle maison, Seigneur, quelle maison !

Tatillon *(haut)*. — Claude !

Claude *(jouant la surprise)*. — Monsieur, pardon, je ne vous ai pas entendu.

Tatillon. — Que disais-tu là? Que tu ne veux plus rester dans cette maison?

Claude *(soupirant)*. — Ah ! si vous saviez, monsieur...

Tatillon. — Quoi donc ?

Claude *(même jeu)*. — Ah ! si vous saviez !.. *(à part)*. Au fait, que vais-je lui dire contre cette maison ?

Tatillon. — Eh ! bien ?

Claude *(mystérieusement)*. — Monsieur... *(À part)*. C'est ça, je suis toujours sûr de ne pas me tromper de beaucoup. *(Haut)*. Monsieur, cette maison est *infectée*...

Tatillon. — Infectée?

Claude. — Infectée de rats.

Tatillon. — *Infestée*, mon ami, infestée.

Claude. — Infestée, infectée, peu importe. Ce qui est sûr, c'est qu'elle est pleine de rats ; du haut en bas, de la cave au grenier, on ne voit plus que rats... et cœtera.

Tatillon. — Tu plaisantes?

Claude *(d'une voix creuse)*. — De rats et de souris, de souris et de rats, etc.

Tatillon *(se frottant les mains)*. — Quel bonheur !

Claude. — Ah ça, vous ne m'avez pas entendu? Il y a des rats, rats et cœtera.

Tatillon *(s'asseyant)*. — J'étudierai bien mieux ainsi l'intéressante question adressée à l'académie.

Claude *(à part)*. — Qu'est-ce que je puis lui dire encore, puisque ça ne lui fait rien... Ah ! j'y suis. *(Haut, d'un air sombre)*. Mais ce n'est pas tout, Monsieur...

Tatillon. — Qu'y a-t-il encore?

Claude. — J'ai consulté les maçons qui travaillent à côté, eh ! bien, Monsieur, savez-vous ce qu'ils m'ont dit?..

Tatillon. — Voyons.

CLAUDE (*d'un air sombre*). — La maison menace ruine, monsieur; les murs se lézardent, les plafonds craquent, les planchers se défoncent, avant huit jours patatras!... et cœtera. (*A part*). Qu'il réponde.

TATILLON (*tranquillement*). — Claude... tu patauges...

CLAUDE. — Je patauge ?

TATILLON. — Pour peu que tu eusses fait tes humanités, ta rhétorique, ta logique, je te proposerais un dilemme.

CLAUDE. — Je ne sais pas ce que c'est.

TATILLON. — Et je te le propose. C'est du reste une question d'histoire naturelle.

CLAUDE (*à part*). — Allez donc, discutez avec les savants.

TATILLON. — Les naturalistes qui ont étudié tant soit peu les mœurs des rongeurs (et les rats font partie de cette intéressante famille)...

CLAUDE. — Quelle famille !

TATILLON. — Les naturalistes disent et prouvent que l'instinct des rats est si subtil que lorsqu'un navire ne peut plus tenir la mer, lorsqu'une maison menace ruine, les rats transportent leurs pénates ailleurs.

CLAUDE (*à part*). — Pénates... il veut sans doute dire *rates pennades*.

TATILLON. — C'est-à-dire qu'ils abandonnent la maison et le navire condamné.

CLAUDE. — Les naturalistes ont vu ça !

TATILLON. — C'est incontestable. — Or, de deux choses l'une ; ou la maison ne menace pas ruine ou il n'y a pas de rats dans la maison.

CLAUDE (*à part*). — Diable de savants! ils devinent tout.

TATILLON. — Première proposition : Toute maison qui menace ruine est abandonnée par les rats, (je te l'ai prouvé).— Or, il y a des rats dans cette maison, (tu me l'as dit toi-même, c'est-à-dire tu en conviens). — *Ergo* donc, elle ne menace pas ruine. Tu te tais. Eh bien écoute encore ceci : (*Il se carre dans son fauteuil*). Autre proposition : Les rats abandonnent toute maison qui menace ruine (je l'ai prouvé tantôt). — Or, la maison menace ruine...

CLAUDE. — Bien sûr, elle menace...

TATILLON. — *Ergo* donc, il n'y a pas de rats... Eh bien ? qu'en dis-tu ?

CLAUDE. — Ma foi, Monsieur, je ne suis pas savant pour parler si bien que ça, mais je sais. (*A part*) Il faut bien que j'aille au bout. (*Haut*). Je sais que cette baraque menace ruine et qu'il y a des rats, des scélérats de rats et cœtera.

TATILLON. — Je l'ai prouvé...

CLAUDE. — Prouvé, prouvé... (*A part*). Il m'a cloué, mais... (*Haut et très vite*). Eh bien, monsieur, allez dans votre cabinet de réception, derrière le troisième rayon du second casier de la quatrième étagère de la première bibliothèque à gauche en entrant...

TATILLON. — Troisième rayon, deuxième casier, quatrième étagère, première bibliothèque à gauche... (*Se dressant brusquement*. Derrière mes Elzévirs, mes chers Elzévirs...

CLAUDE (*bas*). — J'ai trouvé, Monsieur, j'ai trouvé des... comme le petit doigt.

TATILLON. — Oh, mon Dieu, s'ils avaient osé toucher...

CLAUDE. — Eh bien, monsieur ?

TATILLON (*sortant avec précipitation*). — Quel malheur, si cela était, quel malheur !...

CLAUDE (*le regardant faire*). — Si j'avais deviné... sans le savoir ?... Au fait, le hasard est si grand et les rats sont si petits, qu'ils pourraient bien se rencontrer.

## Scène VIII.

### ALEXANDRE, CLAUDE.

ALEXANDRE (*entrebaillant la porte*). — Claude !

CLAUDE. — Tiens, c'est M. Alexandre.

ALEXANDRE. — Mon oncle est-il là ?

CLAUDE. — Oui, vous pouvez entrer.

ALEXANDRE. — C'est que je n'ose pas.

CLAUDE. — Je comprends; si votre oncle savait...

ALEXANDRE. — Quoi donc ?

CLAUDE. — Vous m'entendez bien. (*Il fait aller les doigts comme s'il jouait du cornet*). Je ne sais trop comment vous vous en tireriez.

ALEXANDRE. — Hélas, oui, il le sait ; ce vilain oncle.

CLAUDE. — Pas possible ! il sait que?.. (*Même signe*).

ALEXANDRE. — Oui et c'est pour ça qu'il est fâché contre moi et j'ignore quel moyen employer pour le faire revenir de son entêtement.

CLAUDE. — Ça, voyons, expliquez-vous; car je n'y comprends plus rien.

ALEXANDRE (*avançant sur la pointe*

*des pieds*). — C'est lui qui a conseillé à ma mère de m'empêcher d'en jouer...

CLAUDE. — Parbleu et il a raison.

ALEXANDRE (*en colère*). — Comment il a raison ?

CLAUDE.— Aussi, venir faire du tapage sur sa tête.

ALEXANDRE. — Il sait que c'est moi qui joue là haut ?

CLAUDE. — Vous dites vous-même qu'il le sait.

ALEXANDRE. — Tu radotes... Enfin, ça m'est égal. Bref, que dit mon oncle de mes airs ?

CLAUDE. — Peuh , pas grand chose. (*A part*). Ah ! je radotte.

ALEXANDRE. — Mais encore ?

CLAUDE.— Peuh ! presque rien.

ALEXANDRE. — Voyons , parle : est-il content ?

CLAUDE. — Lui, content ?

ALEXANDRE. — Écoute-t-il ?

CLAUDE. — Ah ben oui ! tenez... vous voulez le savoir ?

ALEXANDRE. — Sans doute.

CLAUDE. — Il a dit une fois que... s'il tenait celui qui joue de ce chaudron...

ALEXANDRE. — Un chaudron !

CLAUDE. — Il lui romprait volontiers deux côtes et cœtera.

ALEXANDRE (*effrayé en entendant du bruit*). — Et moi qui croyais le captiver par la douceur de mon harmonie... (*Mouvement de sortie*).

CLAUDE. — Ne vous effrayez pas, ce n'est rien, ce sont des livres qu'il arrange... Il fait, je crois, la chasse aux rats.

ALEXANDRE. — Et on lui a dit que c'est moi qui joue là-haut...

CLAUDE.—Puisque c'est vous même...

ALEXANDRE.— Moi ? tu es fou ?

CLAUDE. — Décidément, je n'y comprends plus rien.

ALEXANDRE. — Eh bien, voici l'affaire en deux mots... Mon oncle ne vient pas au moins ?

CLAUDE (*après avoir regardé par la serrure*). — Il continue la chasse.

ALEXANDRE.— Sache donc que je veux absolument apprendre à jouer du cornet à pistons : c'est une passion, une fureur une rage, une frénésie. Or, mon oncle l'a appris, je ne sais par qui ; sais-tu ce qu'il a fait ?

CLAUDE. — Non.

ALEXANDRE. — Il est allé trouver ma mère, sa sœur...

CLAUDE.— J'ai l'honneur de la connaître.

ALEXANDRE. — Il lui a dit que si elle me laissait apprendre la musique, j'abandonnerais mes études, je ne ferais plus rien, je deviendrais un coureur de concerts, de théâtres, de bals, etc., etc., si bien que ma mère m'a formellement refusé de prendre ces leçons au lycée et... comme je n'ai pas grand argent... je ne puis pas en prendre en ville...

CLAUDE. — Je devine.

ALEXANDRE. — Or, le fils de M. Cornudet qui est mon camarade de collége a raconté ça à son père à qui appartient cette maison...

CLAUDE. — Je sais, je sais.

ALEXANDRE. — M. Cornudet alors m'a autorisé à venir étudier là-haut, au 2e étage....

CLAUDE. — Voyez-vous ça ! c'est le complot.

ALEXANDRE. — Et c'est son fils qui me donne des leçons...

CLAUDE. — Toujours le complot.

ALEXANDRE. — Et j'espérais que mon oncle, séduit un jour par l'harmonie de mes accords désirerait connaître l'artiste...

CLAUDE. — Oh ! oh ! artiste en accords... artiste pédicure.

ALEXANDRE.

AIR : *Je vais quitter ma Normandie.*

Je donnerais pour l'harmonie
Cinq ou six dents, un œil, un bras ;
Sans le cornet, fi de la vie !
Et les cruels ne veulent pas.
J'espérais faire des merveilles,
Inventer des accords nouveaux...

CLAUDE.

Vaut mieux ménager ses oreilles,
Ou bien il vous rompra les os.

ALEXANDRE. — Oui, j'espérais le séduire et qu'alors, saisissant une occasion favorable, je pourrais un jour me jeter dans ses bras en lui disant, les larmes aux yeux : mon oncle, mon bon oncle, mon bon petit oncle....

## Scène IX.

—

LES MÊMES, TATILLON.

TATILLON (*entrant brusquement*).— Comment, marouffle, tu es là ?

ALEXANDRE (*perdant contenance, à part*). — Ciel ! mon oncle, que faire ?

TATILLON (*brusquement*).— Que viens-tu chercher ici ?

ALEXANDRE.—Rien, mon oncle, rien .. je venais... par hasard,.. vous dire... vous prier...

CLAUDE (*à part*). — Il paraît que le petit a peur.

TATILLON. — Attends-moi là, maraud, j'ai à te parler. Claude, viens m'aider à arranger mes livres... Ce n'était qu'une fausse alerte...

CLAUDE. — Alors, Monsieur, la maison menace ruine.

TATILLON. — Imbécile, je vais te répéter mon dilemme. Si la maison ... (*Ils sortent*).

ALEXANDRE (*seul*). — Ma mère est toujours furieuse contre moi, je l'ai bien vu ce matin... Quant à lui, il va me faire un discours et j'en ai assez de ses discours d'oncle académicien. C'est fini : je vais comploter contre lui ... Eugène Cornudet m'a dit que son frère Oscar avait besoin de moi.... Tant pis ! je ferai tout ce qu'il me dira. (*Fausse sortie*). Je brûle mes vaisseaux. (*Fausse sortie*). Le sort en est jeté. (*Fausse sortie*). *Alea jacta est* (*Il va pour sortir*)

## Scène X.

ALEXANDRE, OSCAR. (*Toute la scène se passe à demi-voix*)

OSCAR (*après avoir regardé avec précaution*). — Où est ton oncle ?

ALEXANDRE, — Là.

OSCAR — Que fait-il.

ALEXANDRE. — Je ne sais, il est avec Claude.

OSCAR. — A merveille!... dis-moi, Alexandre, tu veux apprendre à jouer du piston?

ALEXANDRE. — Si je veux !.. mais je payerais ce bien de ma vie.

OSCAR. — Eh! bien, fais ce que je vais te demander et je te promets un plein consentement de ton oncle et de ta mère..

ALEXANDRE. — Dites vite, que faut-il faire ?

OSCAR. — Presque rien ; obéissance passive, cela suffit. (*Il va regarder dans la chambre de Tatillon, donne doucement un tour de clé à la serrure, vient à la fenêtre qu'il ouvre et appelle à demi-voix*). Psit!... psit . par ici... là... là... doucement... assez... ( *Au même instant* il arrive par la fenêtre une corbeille suspendue à une corde*).

ALEXANDRE. — Qu'allez-vous faire ?

OSCAR (*attirant à lui la corbeille*). — A l'ouvrage, Alexandre...dépêche...ramasse tous ces papiers, tous ces bouquins et place les dans la corbeille (*Ils prennent les dossiers les uns après les autres et les entassent dans la corbeille*). Bon, tout y est ; à moi Alexandre (*Ils placent la corbeille sur l'appui de la fenêtre*). Psit !.., psit ! eh ! là haut ! à vous autres (*La corbeille remonte seule*) Nous n'avons plus rien à craindre maintenant... Délivrons les prisonniers et sauvons nous. ( *Il ouvre la porte de la chambre et sort lestement par celle du fond, suivi d'Alexandre*).

## Scène XI.

### TATILLON , CLAUDE.

TATILLON (*entrant en robe de chambre, Claude le suit*). — J'ai eu une peur épouvantable. Si ces maudits rongeurs faisaient jamais élection de domicile dans ma bibliothèque, quel malheur ! quel malheur irréparable... Oui, bien sûr, j'en mourrais de chagrin... Le moindre coup de dent de ces horribles petites bêtes...

CLAUDE. — Horribles petites bêtes ! Tantôt c'était une intéressante famille. (*Bruit de tambour*). Bon ! voilà l'héritier de la concierge qui s'exerce sur la peau d'âne.

TATILLON. — Je comprends plus que jamais la gravité de cette question que je vais élaborer... (*Bruit du cornet à pistons*).

CLAUDE (*à part*). — De mieux en mieux. . A-t-il le goût du cuivre celui-là...

TATILLON (*toujours sans entendre*). — Quel est le meilleur moyen de détruire les rats ? (*Bruit de marteaux*).

CLAUDE (*à part*). — A la bonne heure !... Duo avec accompagnement de timbales (*Le bruit continue quelques instants encore et puis cesse*).

UNE VOIX DANS LA RUE. — Les rats et les souris... les souris et les rats!

CLAUDE. —Entendez-vous, monsieur?

LA MÊME VOIX. — Défendez vos maisons, vos navires, vos propriétés... les souris et les rats....

CLAUDE (*écoutant en lui fesant signe d'écouter*. — Monsieur ?

TATILLON. — Que veux-tu?

LA MÊME VOIX (s'éloignant). — Les souris et les rats...

CLAUDE.—Et cœtera.. Vous avez entendu?

TATILLON.—Et tu penses que le poison est un remède suffisant?

CLAUDE. — Je croyais que c'était le meilleur moyen.

TATILLON.—Pauvre garçon! L'académie est appelée à inventer une moyen plus eficace... et c'est moi qui trouverai ce spécifique puissant. Oui, quand j'aurai mis la dernière main à l'ouvrage dont les journaux ont déjà annoncé la publication à leur 4e page en lettres gros-canon : Histoire du Boulevard des Dames... je m'occuperai de cela. (Regardant l'heure). J'ai en ce moment, quelques instants à moi, utilisons-les. (Il va pour s'asseoir ; mais s'apercevant du désordre qui règne sur sa table, il recule effrayé et saisit Claude par le bras). Claude! Claude!.. mes cahiers... qu'en as tu fait?

CLAUDE (surpris).—Moi, monsieur, de quoi?

TATILLON.—Mes manuscrits, te dis-je, mes ouvrages...

CLAUDE (s'apercevant à son tour du désordre). Ah! mon dieu! mais je n'en sais rien, moi.

TATILLON (parcourant l'appartement en tous sens et le bouleversant).—Volé! mes enfants chéris!.. le seul bien de mon existence! mon bonheur!.. mon tout!..

CLAUDE.—Que faire? (Il imite ses mouvements).

TATILLON (saisissant Claude par le collet). Rends-moi mon bien, rends-moi mon bien, malheureux, ou je t'étrangle!

CLAUDE (se débattant).—Au secours! au secours!.. je ne les ai pas, moi, vos papiers... vous m'étranglez...

TATILLON (de même). — C'est toi qui m'as volé, misérable, rends les moi.

CLAUDE (se dégageant avec peine).—Ce n'est pas vrai, monsieur... je n'ai rien volé du tout... Vous savez bien que je ne vous ai pas quitté depuis une heure.. et il n'y a qu'un instant qu'ils y étaient vos papiers. (Bas). vos chiffons de papiers.

TATILLON (tombant sur une chaise en pleurant). — Mes ouvrages, mon dieu, mes pauvres ouvrages!.. Volé! dévalisé! Mais je ne puis plus vivre sans eux, moi... C'est toute mon existence... Oh!

mais... ça ne se passera pas ainsi! (Se levant). Claude! tu vas m'accompagner, nous allons ensemble chez le commissaire de police et là tu parleras... (Le prenant de nouveau par la gorge). Tu ne dis plus rien, maroufle! oui, tu parleras.

CLAUDE (se dégageant).—Mais c'est indigne, monsieur, je suis innocent, moi, je suis blanc comme la chaux hydraulique...

TATILLON.—Ah! tu résistes, malheureux, eh! bien, nous allons voir...(Criant par la fenêtre et dans l'escalier). Au voleur!.. au voleur!..

CLAUDE.—Soit, ça m'est égal, je suis blanc comme la chaux hydraulique, etc. Je le prouverai... (Criant). Au voleur! au voleur!..

ENSEMBLE.—Au voleur! au voleur.

## Scène XII.

LES MÊMES, ALEXANDRE.

ALEXANDRE (déchiré et couvert de poussière entrant et se laissant tomber sur une chaise).—Mon oncle!.. mon oncle!.

TATILLON.—Au voleur!

ALEXANDRE (à demi voix). — Taisez-vous, mon oncle, ils vous tueraient.

TATILLON. — Ils me tueraient... qui donc?

ALEXANDRE. — Eux.

TATILLON. — Qui eux.

ALEXANDRE. — Les voleurs.

TATILLON. — Les voleurs?

CLAUDE. - Les voleurs?

ALEXANDRE. — Parlez plus bas.

TATILLON.—Mais encore...

ALEXANDRE.—Plus bas donc.

TATILLON.—Pourquoi?

CLAUDE.—Pourquoi?

ALEXANDRE. — Chut! fermez tout... (Claude fait le tour de l'appartement et ferme). Plus près... ici... plus près. (Claude et Tatillon se rapprochent). Voulez-vous savoir où ont passé les voleurs?

TATILLON. — Oui.

ALEXANDRE.—Plus bas donc..Eh bien.

TATILLON. — Eh bien?

ALEXANDRE.—Ils se sont envolés...

TATILLON.—Envolés!..

CLAUDE. — Envolés!

ALEXANDRE. — Et vos papiers...

TATILLON. — Mes chers papiers...

ALEXANDRE (montrant la fenêtre). — Eux aussi, envolés...

TATILLON. — Que des papiers volent, soit, mais des voleurs...

CLAUDE. — Ils volent bien mieux... puisque c'est leur métier.

TATILLON. — Ah ça ! me prends-tu pour un imbécile de me conter tes balivernes.

ALEXANDRE (avec solennité). — Sur l'honneur, mon oncle, je jure que vos papiers ont passé par là. (Il montre la fenêtre).

CLAUDE. — Oh ! oh ! sur l'honneur... (A part). Un collégien !

TATILLON. — Mais enfin... où sont-ils ?

ALEXANDRE.—Les voleurs ?

TATILLON. — Non, mes papiers.

ALEXANDRE. — Où ils sont ? est-ce que je le sais moi ? quand je les ai vus, j'ai voulu crier, ils m'ont bâillonné...

CLAUDE. — Les papiers ?..

ALEXANDRE. — Non, les voleurs... J'ai voulu me défendre, ils m'ont rossé. Voyez mes habits... touchez ces bosses...

CLAUDE (bas). — Pour ça, je suis sûr qu'il en a au moins une... la bosse du cornet à pistons...

TATILLON. — Tu t'es battu pour défendre mon bien ! !

ALEXANDRE (avec un geste dramatique) — Oh ! mon oncle ! vous savez bien que pour vous je donnerais cent vies...

CLAUDE (à part). — Lui ?.. alors je n'y comprends plus rien.

TATILLON (désespéré). — Mais mes papiers... mes papiers... qui me les rendra ?.. qui me les retrouvera ?...

## Scène XIII.

### LES MÊMES, OSCAR.

OSCAR (entrant et prenant Tatillon à part). — Moi, peut-être...

TATILLON. — Vous, monsieur ?

OSCAR (bas). — Oui, mais à une condition.

TATILLON. — Dites.

OSCAR (bas) — Résiliez votre bail.

TATILLON (se frappant le front). Ah ! c'est là que vous voulez en venir... mais je ne m'y laisserai pas prendre... Vous avez parlé... cela suffit. Je saurai bien avoir mes ouvrages... Claude, Alexandre, vous êtes témoins que Monsieur a dit qu'il sait où sont mes ouvrages.

OSCAR. — Et moi je nie, je me for-

nellement, je ne sais rien, entendez-vous, Monsieur Tatillon ? (Bas). Je suis seul à connaître ce secret et si vous ne consentez pas, je ne dirai rien et vos trésors seront perdus.

TATILLON (à part). — Le misérable ! il me tient.

OSCAR (d'un ton dégagé). — D'ailleurs pour témoigner il faut avoir vu ou entendu, et puis, les domestiques et les parents sont toujours des témoins suspects aux yeux de la loi (Bas). Eh bien ?

## Scène XIV.

### LES MÊMES, CORNUDET, puis une vingtaine d'OUVRIERS en costume de travail.

CORNUDET (entrant). — Monsieur Tatillon, votre très-humble serviteur... J'ai appris par hasard que vous désirez quitter ma maison et...

TATILLON. — On vous trompe, Monsieur, je reste.

OSCAR (s'approchant, bas). — Dans ce cas vous ne reverrez jamais vos papiers.

TATILLON (à part). — Mes papiers, mes chers papiers... Allons, je ferai encore ce sacrifice pour vous. (Haut). Monsieur Cornudet, je succombe sous les coups d'une infernale machination... Soit, donnez la copie de votre bail... j'en demande la résiliation...

CORNUDET. — Oh ! Monsieur, pour vous être agréable que ne ferais-je pas ? (Il présente un papier à Tatillon. Celui-ci le prend et s'apprête à le signer).

ALEXANDRE (s'approchant vivement d'Oscar). — Et mon cornet à pistons ?

OSCAR (bas). — C'est juste.

CLAUDE (qui de son côté a pris Cornudet à part, bas). — Et mes cent francs ?

CORNUDET (bas). — Soyez dehors dans huit jours, tu les auras.

TATILLON (se retournant vers Oscar avant de signer). — Sur l'honneur ! quand me remettrez-vous mes papiers ?

OSCAR. — A l'instant même... après toutefois que vous aurez accordé la grâce de ce jeune homme.

ALEXANDRE (humblement). — Mon oncle...

TATILLON (avec dignité). — Viens ici, Alexandre.. tu t'es battu pour défendre mes œuvres, je te rends mon amitié..

ALEXANDRE. — Et je pourrai apprendre le cornet à pistons ?

TATILLON. — Oui, mais à condition que ce sera loin, bien loin de moi.

ALEXANDRE. — Quel bonheur !

TATILLON (à Cornudet). — Quant à vous, Monsieur, voici votre bail.

OSCAR (qui est allé à la porte et a montré la corbeille qu'apportent deux hommes). — Et voici vos ouvrages. — Monsieur Tatillon, je souscris pour deux exemplaires à votre Histoire du boulevard des Dames.

CORNUDET. — Et moi, Monsieur, je vous offre un logement superbe dans une de mes nouvelles maisons. Je vous arrangerai un appartement délicieux.

TATILLON (qui vient d'examiner si rien ne manque à ses papiers). — Oui, pourvu qu'il n'y ait ni maçons, ni tambour, ni musique...

CLAUDE (très-vite). — Ni rats... Car voyez-vous, les rats quittent les maisons quand elles menacent ruine et quand les rats ne les abandonnent pas c'est qu'elles ne menacent pas ruine et si elles ne menacent pas ruine, alors il y a des rats et cætera.

CORNUDET (criant par la fenêtre). — Eh ! les enfants ! arrivez ! nous avons gagné notre procès ; nous allons démolir, nous démolirons.

VOIX DU DEHORS. — Hourrah ! hourrah ! (Un instant après les ouvriers entrent).

TATILLON. — Ça, voyons, puisque la paix est faite, je vais vous proposer un problème...

TOUS. — Voyons le problème.

TATILLON. — L'académie cherche en ce moment un moyen infaillible pour détruire les rats. Quels sont vos moyens à vous autres ?

OSCAR. — Moi, je les empoisonne.

TATILLON. — Et vous ?

CORNUDET. — Moi, je démolis les maisons.

TATILLON. — Et toi... que ferais-tu ?

CLAUDE. — Ce que je ferais, moi... je m'en vais chercher... (Il se met dans un coin et réfléchit).

TATILLON (apercevant les ouvriers qui viennent d'entrer en costume de travail avec des marteaux et des pioches). — Que sont ces gens là ?

CORNUDET. — Ce sont mes ouvriers.

OSCAR. — Les grands organisateurs de la civilisation moderne.

TATILLON. — Que veulent-ils ?

CORNUDET. — Peuh ! pas grand chose. Démolir la rue Noailles et les rues adjacentes.

TATILLON. — Arrière, Vandales, arrière ! Attendez au moins que j'aie emporté mes précieuses reliques...

CLAUDE (d'un air triomphant). — Monsieur, j'ai trouvé le moyen...

TATILLON. — Le moyen de quoi ?

CLAUDE. — De détruire les rats.

TATILLON. — Ah ! voyons... (Tout le monde l'entoure).

CLAUDE (avec importance). — Le meilleur moyen d'empêcher la multiplication des rats, c'est...

TOUS. — C'est ?...

CLAUDE. — C'est de multiplier les chats.

TATILLON. — Claude ! pour peu que tu restes encore à mon service tu deviendras un grand homme... Je te ferai décerner les 500 francs promis...(Bas) pourvu que tu me laisses la médaille.

### AU PUBLIC.

#### AIR : Muse des bois.

Vous qui voyez le bruit qui me menace
Donnez, Messieurs, donnez-moi votre appui,
De ces vieux murs on m'éloigne, on me chasse,
Votre secours m'aidera contre lui.
Si par hasard des chut désagréables
Se font entendre... Appaisez les soudain...
Les Marseillais sont toujours charitables,
(Faisant le geste d'applaudir).
Pour le prouver... donnez ce coup de main.
(bis).

FIN DES DEMOLISSEURS DE LA RUE NOAILLES.

www.ingramcontent.com/pod-product-compliance
Lightning Source LLC
Chambersburg PA
CBHW061536170626

46811CB00004B/1953